# Mortepierre

Tome 2

## Les Guerriers de Rouille

*Scénario :* BRICE TARVEL
*Dessins :* MOHAMED AOUAMRI
*Couleurs :* YVES LENCOT

Soleil

NOUS ÉTIONS DÉJÀ LOIN DE CETTE FORÊT OÙ NOUS AVIONS CONNU BIEN DES MALHEURS AVEC LES CHARBONNIERS. (*)
(*) LIRE : "LA CHAIR ET LE SOUFRE".
À VAUGRIGNOUX-LA-RIVIÈRE, LÀ OÙ J'AI JADIS APPRIS MON MÉTIER DE FORGERON, NOUS POURRONS PRENDRE UN PEU DE REPOS ET NOUS PROCURER DE SOLIDES ÉPÉES...
C'EST D'UNE HACHE DONT J'AI BESOIN, PAS D'UNE LAME TOUT JUSTE BONNE À TOUILLER LES BEDAINES.
IIIIIHAAAAAAA
?!
?!
PAR LE PISSAT DU GRAND CORNU, QUEL EST CE PENDARD QUI SE RELUQUE LE CUL ?..

MORDIEU !
J'ÉTAIS FAIBLE ET FIÉVREUSE, APRÈS LES HORREURS QUE JE VENAIS RÉCEMMENT DE SUBIR. L'APPARITION PEU BANALE DE CET INCONNU ME FAISAIT L'EFFET D'UNE HALLUCINATION.
JEAN-MIE-DE-PAIN, CONTORSIONNISTE, POUR VOUS SERVIR, VOYAGEURS !
TU TE MOQUES DE NOUS L'ACROBATE. JE VAIS TE MONTRER DE QUEL BOIS JE FAIS DES BÛCHETTES.
À L'INSTANT OÙ MON BÛCHERON BIEN-AIMÉ ALLAIT PASSER SA COLÈRE SUR L'ÉTONNANT SALTIMBANQUE.
LA TROUPE DE MAGOR, L'ILLUSTRE MAGICIEN, DONT JE SUIS FIER DE FAIRE PARTIE.
BIENVENUE PARMI LES BALADINS, PÈLERINS !.. LE SPECTACLE EST GRATUIT POUR VOUS. OUVREZ GRANDS VOS QUINQUETS.
NOUS NE SOMMES PAS DES PÈLERINS ET NOUS N'AVONS QUE FAIRE DES PITRERIES D'UNE BANDE DE CAMPS-VOLANTS ENGRAISSÉS À LA POULE CHAPARDÉE.
2/2

VOOOOFF!
TUDIEU!
CROIS-TU QU'IL EST UTILE DE PILLER LES POULAILLERS QUAND ON POSSÈDE UN POUVOIR COMME LE MIEN?
À CE MOMENT, J'AURAIS SANS DOUTE DÛ MONTRER QUE J'ÉTAIS CAPABLE DE SORTILÈGES BIEN PLUS EXTRAORDINAIRES, MAIS JE ME SENTAIS TROP FAIBLE POUR SOLLICITER LES FORCES OBSCURES QUI FAISAIENT DE MOI UNE SORCIÈRE.
NOUS SOMMES HABILES ET PLEINS DE RESSOURCES, MAIS NOUS AVONS BESOIN DE NOUVELLES ATTRACTIONS POUR ÉMERVEILLER DAVANTAGE LES FOULES. VOUS ALLEZ VIVRE PARMI NOUS, APPRENDRE NOTRE BEAU MÉTIER.
SI TU CROIS NOUS FAIRE HABITER TES VILES CHAUMINES À ROUES ET NOUS TRANSFORMER EN AMUSEURS RIDICULES, TU T'EN COMPTES À TOI-MÊME, L'ENCHANTEUR DE PIGEONS!
QUE TU LE VEUILLES OU NON, NOUS T'ENSEIGNERONS UNE BIEN PLUS FINAUDE FAÇON D'UTILISER TES MUSCLES.
ENTENDS-TU NICOLAS? CES LOQUETEUX VEULENT NOUS METTRE LA PATTE DESSUS COMME ILS LE FONT AVEC LES MIOCHES QU'ILS CROISENT SUR LES CHEMINS. ÇA MÉRITE QU'ON LEUR TANNE UN PEU LE CUIR, NON?..
GRRRR!
J'AI... J'AIMERAIS POUVOIR TE PRÊTER MAIN-FORTE, GARIN!
PUISQUE TU VEUX DU SPECTACLE, JE VAIS T'EN DONNER, LE BATELEUR!

MON PAUVRE GARIN ÉTAIT ÉTENDU SANS CONNAISSANCE, NICOLAS PRISONNIER DE CET ANIMAL EFFRAYANT, ET J'ÉTAIS IMPUISSANTE À LES AIDER...
QUE L'UN DE VOUS PRENNE CE REGIMBEUR SUR SON DOS. NOUS EN FERONS UN EXCELLENT LUTTEUR DE FOIRE...
MENACÉS PAR L'OURS, ENTOURÉS PAR CES SALTIMBANQUES PLEINS DE PERNICIEUSE MALICE, NOUS DÛMES NOUS ACHEMINER VERS LES ROULOTTES.
C'EST Y PAS UNE RENARDE ! QUI VIENT ET QUI S'ATTARDE. UNE RENARDE, UNE RENARDE UNE RENARDE !..
ME VOILÀ DÉJÀ AFFUBLÉE DE MON SURNOM DE TOUJOURS
LÀ, BILOQUE VA S'OCCUPER DE TOI, CAR TU ME PARAIS BIEN PALICHONE LA ROUQUINE !
RASSURÉE SUR L'ÉTAT DE SANTÉ DE GARIN, JE SUIVIS LA VIEILLE FEMME DANS SON ANTRE AMBULANT.
COMMENCE PAR ÔTER TES COTTES, QUE JE VOIE SI TU NE CACHES PAS QUELQUE MAUVAISERIE DE PEAU OU DE VILAINES BESTIOLES...
TOUT CELA M'A L'AIR PROPRET ET BIEN EN PLACE ...
JE ME SENS SIMPLEMENT TRÈS FATIGUÉE ET BRÛLANTE DE FIÈVRE.
ON ME DIT BONNE GUÉRISSEUSE. JE TE FERAI LES DÉCOCTIONS QUI TE RENDRONT TA VIGUEUR DE JOUVENCELLE ET, TOI EN ÉCHANGE, TU ME RACONTERAS LES MÉSAVENTURES QUI TE SONT ARRIVÉES POUR QUE TU TE RETROUVES SI GRINGALETTE DE SANTÉ...

JE FIS CONFIANCE À CETTE FEMME QUI, TOUT COMME MOI, DEVAIT ÊTRE CONSIDÉRÉE COMME UNE SORCIÈRE...
DANS LA HUTTE DU CHEF DES BOISILLEURS, CE CHINCHOLLE, AUSSI AFFREUX QUE MALFAISANT, J'AI DÛ LIVRER MON VENTRE, LAISSER ALLER ET VENIR UN MONSTRUEUX PLANTOIR QUI M'A RAVAGÉ LES ENTRAILLES...
BOIS... CETTE TISANE DE SIMPLES EST BONNE POUR CALMER LE BOUILLONNEMENT DES HUMEURS...
TES ORDINAIRES, LES ÉCOULEMENTS DE TA PLAIE MENSUELLE, VENAIENT-ILS RÉCEMMENT DE CESSER QUAND?...
OUI, ET C'EST BIEN CE QUI M'EFFRAIE LE PLUS. CAR LE MONTOIR DE CHINCHOLLE A LONGUEMENT DÉVERSÉ SA GLU ENTRE MES PAROIS INTIMES.
LES JOURS ET LES NUITS PASSÈRENT SANS QUE JE ME SENTE BEAUCOUP PLUS VAILLANTE. DÈS QUE JE FERMAIS LES YEUX, LES CAUCHEMARS M'ASSAILLAIENT.
CE POURRAIT-IL QUE TU AIES FUI LE CHÂTEAU DU SEIGNEUR THIBAUD, PETITE SŒUR? QUE TU SOIS VENUE T'HABILLER D'UNE DE CES CUIRASSES FAÇONNÉES PAR TON ÉPOUX NICOLAS? (*).
TU AS DEVINÉ JUSTE, FLORIE. JE SUIS LÀ, DANS CET AMAS DE FERRAILLE GRIGNOTÉ PAR LES INTEMPÉRIES.
BÉ... BÉRENGÈRE!
JE SUIS BÉRENGÈRE, OUI C'EST MOI QUI AI TUÉ LES SOUDARDS EMBUSQUÉS DU BARON QUAND TU AS FUI LA GROTTE DE FRÈRE MATHIEU EN COMPAGNIE DE GARIN...
POURQUOI AS-TU REFUSÉ DE ME PARLER ET DE TE LAISSER APPROCHER?
SCRIIIC
PARCE QUE JE NE SUIS PLUS TRÈS PRÉSENTABLE DEPUIS QUE THIBAUD A CONSOMMÉ MA CHAIR...
LIRE : "LA CHAIR ET LE SOUFRE"...
5
2

LA BILOQUE ÉTAIT TOUJOURS À MON CHEVET AU BON MOMENT POUR ME FAIRE AVALER UNE POTION CALMANTE...
TOUT VA BIEN... TU VIENS SEULEMENT DE TE PROMENER DANS LES FANTASMAGORIES QUE LE DÉMON A RÉPANDUES DANS TA TÊTE...
MAIS UN AUTRE RÊVE ÉPOUVANTABLE AVAIT SOUVENT, TÔT FAIT DE M'EMPORTER.
PAS À DIRE, LA FRAÎCHE ÉPOUSÉE DU FORGERON EST FOUTREMENT PLUS SAVOUREUSE EN SAUCE QU'AU LIT.
UN BEAU MATIN, J'EUS LA FORCE D'ALLER ENTREBÂILLER LA PORTE DE LA ROULOTTE. LA NEIGE AVAIT DISPARU...
VAS-Y, LE COUPEUR D'ARBRES. FAIS-MOI CHOIR JALOK COMME TU ABATS LES CHÊNES.
ILS SONT EN TRAIN DE FAIRE UNE BÊTE FÉROCE DE MON GARIN...
MÉFIE-TOI DE RINA. ELLE AIME LES HOMMES ET POURRAIT BIEN AVOIR JETÉ SON DÉVOLU SUR TON BÛCHERON.
SI GARIN ÉTAIT LIBRE DE SES MOUVEMENTS, JE SERAIS DANS SES BRAS. IL SE MOQUE BIEN D'UNE MANGEUSE DE HÉRISSONS!
RINA EST UNE DEVINERESSE. ELLE LIT DANS LES LIGNES DE LA MAIN. ET DANS BEAUCOUP D'AUTRES CHOSES. ÇA LUI DONNE TOUJOURS UN AVANTAGE EN TOUT.
UN SOIR, JE SUS QUE LA BILOQUE AVAIT RAISON, QUE JE N'ÉTAIS QU'UNE NIGAUDE...
SI JE POSSÉDAIS TOUJOURS MES POUVOIRS, JE FERAIS JAILLIR LE FEU QUE CETTE CATIN CACHE SOUS SES HARDES...
6 2

LA PLUPART DES HOMMES SONT COMME LES CHIENS, ILS NE RÉSISTENT PAS À UN CONNIN QUE LE DIABLE A ATTISÉ DE SON HALEINE...
GARIN SEMBLE AVOIR OUBLIÉ JUSQU'À MON EXISTENCE.
PLOP!
QUE NENNI, TON AMOUREUX EST VENU PLUSIEURS FOIS S'INFORMER DE TON ÉTAT, MAIS TU DORMAIS COMME UN GISANT DE CATHÉDRALE...
MON CORPS FINIT PAR RÉCUPÉRER SA ROBUSTESSE QUELQUES JOURS PLUS TARD, ET BIENTÔT...
TARNATEP... TSOUR VITIS... XUMUM....
CRÉDIOU. CETTE CHEVAUCHEUSE DE BALAIS EST EN TRAIN DE ME GÂCHER MON SUCCULENT BROUET.
J'AI FAIT CHAUFFER TA SOUPE SANS L'AIDE D'AUCUN FEU. ÇA VEUT DIRE QUE MES FORCES MAGIQUES ME SONT REVENUES, QUE JE VAIS POUVOIR AGIR POUR RÉCUPÉRER GARIN.
?!
ET LE MARMOUSET DU BOISILLEUR QUI POUSSE PROBABLEMENT DANS TON VENTRE, TU L'OUBLIES ?..
DE BON MATIN, LES BOHÉMIENNES AVAIENT POUR HABITUDE DE SE BAIGNER NUES DANS LA RIVIÈRE...
TU TE DÉCIDES ENFIN À VENIR TE DÉCRASSER, LA RENARDE...
À FORCE DE VIVRE AVEC LA BILOQUE, TON ENTREJAMBE DOIT SENTIR LE RANCE COMME LE SIEN...
TA BELLE NE PRÊTE MÊME PLUS ATTENTION À TOI, MAIS PEUT-ÊTRE QUE DÉSORMAIS, SEULE RINA T'INTÉRESSE.
7/2

REGARDEZ-LA, ELLE BARBOTTE AVEC LA MÊME GRÂCE QUE LES CRAPAUDS QU'ÉLÈVE LA GUÉRIS-SEUSE !
JE NE SERAIS PAS SURPRISE QUE TU DISSIMULES QUELQUES VILAINES PUSTULES DANS CERTAINS RECOINS DE TON CORPS SI LONGTEMPS NÉGLIGÉ...
ET, MOI GUÈRE ÉTONNÉE QU'UNE VIPÈRE ET SES PETITS AIENT FAIT DE TA BOUCHE UN NID DOUILLET OÙ ILS PEUVENT MÊLER LEUR VENIN À TA SALIVE.
SALE GUEUSE. JE VAIS TE CORRIGER !..
FLORIE !
RESTE TRANQUILLE. CETTE EMPOIGNADE TE DÉSIGNERA CELLE QUI A DE BONNES CHANCES D'ÊTRE LA MEILLEURE AU LIT...
JE N'ÉTAIS PAS ENCORE AUSSI VIGOUREUSE QUE JE LE CROYAIS...
TU FAIS MOINS LA FARAUDE, À PRÉSENT !
ÇA TE CHANGE DES DÉCOCTIONS DE LA BILOQUE, PAS VRAI ?..
QU'EST-CE... QU'EST-CE QUI TE PREND ?..
8/2

T'ES UNE MAUDITE ENVOÛTEUSE, UNE SORCIÈRE, HEIN, C'EST ÇA ?..
TU NE DOIS PAS T'ENNUYER ENTRE LES CUISSES D'UNE PAREILLE ENSORCELEUSE...
ELLE DOIT TE ROIDIR LA FLAMBERGE D'UN SIMPLE BATTEMENT DE CILS...
TU SAIS T'ALLIER AVEC LES GÉNIES DES EAUX, MAIS MOI AUSSI JE POSSÈDE DES POUVOIRS... IL M'EST AISÉ DE LIRE DANS LES CHOSES CACHÉES, PAR EXEMPLE...
GARIN SE TROUVAIT SUFFISAMMENT PROCHE POUR ENTENDRE LES TERRIBLES RÉVÉLATIONS DE LA DEVINERESSE...
CETTE RIBAUDE S'EST FAITE ENGROSSER PAR UN CHARBONNIER. ELLE DISSIMULE UN REJETON À FACE DE SUIE DANS SON VENTRE, UN MARMOT QUI NE POURRA QU'ÊTRE LAID ET MAUVAIS COMME LE SONT TOUS LES BOISILLEURS.
VIERGE BONNE, FAITES QUE CELA NE SOIT QUE MENTERIE.
T'AS DE BONNES CHANCES D'ÊTRE LE PÈRE ADOPTIF D'UN DÉSAGRÉABLE GOSSELOT, C'EST SÛR.
GARIN !
9/2

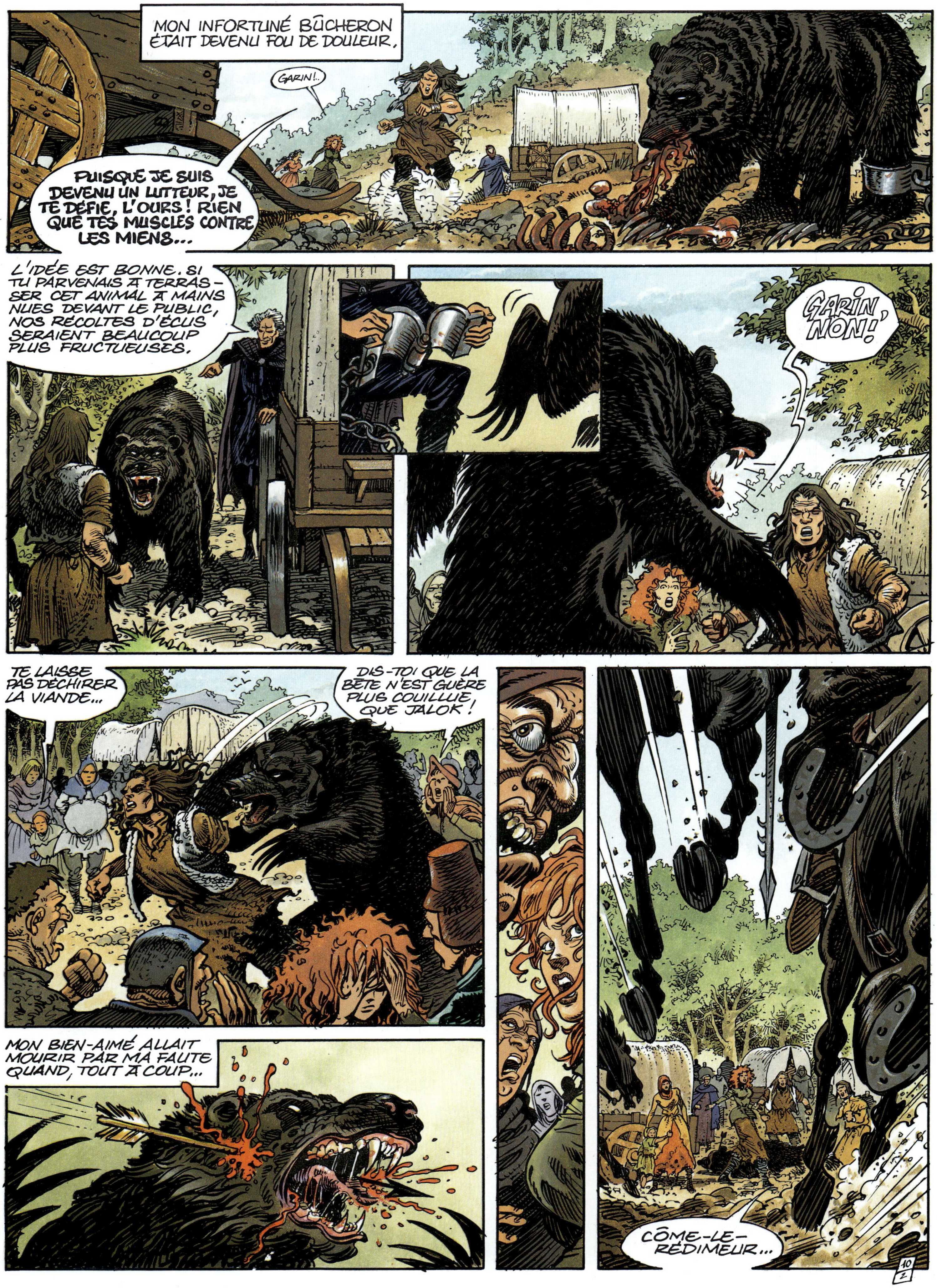
MON INFORTUNÉ BÛCHERON ÉTAIT DEVENU FOU DE DOULEUR.
GARIN !..
PUISQUE JE SUIS DEVENU UN LUTTEUR, JE TE DÉFIE, L'OURS ! RIEN QUE TES MUSCLES CONTRE LES MIENS...
L'IDÉE EST BONNE. SI TU PARVENAIS À TERRASSER CET ANIMAL À MAINS NUES DEVANT LE PUBLIC, NOS RÉCOLTES D'ÉCUS SERAIENT BEAUCOUP PLUS FRUCTUEUSES.
GARIN, NON !
TE LAISSE PAS DÉCHIRER LA VIANDE...
DIS-TOI QUE LA BÊTE N'EST GUÈRE PLUS COUILLUE QUE JALOK !
MON BIEN-AIMÉ ALLAIT MOURIR PAR MA FAUTE QUAND, TOUT À COUP...
CÔME-LE-RÉDIMEUR...
10
2

L'OST TERRIFIANT ENVOYÉ PAR LA SAINTE INQUISITION...
CE MOINE EST UN EXORCISTE À LA RÉPUTATION EXÉCRABLE. ON NE COMPTE PLUS LES HÉRÉTIQUES QU'IL A CONDUITS AU BÛCHER.
FRÈRE MATHIEU NE S'EST PAS TROMPÉ. IL AVAIT PRÉVU LA VENUE DES SOLDATS DE L'ARCHEVÊQUE... (*)
(*) LIRE : "LA CHAIR ET LE SOUFRE.
C'EST UN GRAND HONNEUR DE VOUS RECEVOIR DANS NOTRE HUMBLE CAMPEMENT...
TAIS-TOI MÉCRÉANT, DES CRAPAUDS POURRAIENT JAILLIR DE TA BOUCHE COMME LES LIÈVRES ET LES OISEAUX SORTENT DE TON CHAPEAU...
CES FILS DU VENT SONT TOUS DES SUPPÔTS DU MALIN. ILS NE MÉRITENT PAS QUE NOUS PERDIONS NOTRE TEMPS À LEUR ARRACHER DES AVEUX...
UNE GRANDE BOUCHERIE SE DÉROULA SOUS MES YEUX EFFARÉS...
CE SERAIT FOLIE D'UTILISER MES DONS CONTRE LES SOLDATS DE DIEU...

NOUS SOMMES DES HABITANTS DE MORTEPIERRE. NOUS AVONS ÉTÉ FAITS PRISON-NIERS PAR LES BOHÉMIENS...
MORTEPIERRE?.. INTÉRESSANT!
AAAAAAAAAR
NON! NON!
C'EST MA VIEILLE NOURRICE. ELLE AUSSI ÉTAIT CAPTIVE DES SALTIMBANQUES...
NICOLAS...
?!
SEIGNEUR DIEU!..
JE SUPPOSE QUE CE NICOLAS EST LUI AUSSI UNE VICTIME DES CAMPS-VOLANTS ...
C'EST L'ÉPOUX DE MA SOEUR, JE CROIS QUE LES BALADINS VOULAIENT FAIRE DE LUI UN MANGEUR DE MÉTAL.
12/2

DIABLERIE QUE CETTE ABJECTE PRATIQUE ! LES ALCHIMISTES EUX-MÊMES NE MÂCHENT PAS DU PLOMB POUR OBTENIR DE L'OR DANS LEURS ÉTRONS.
IL NE RESTA BIENTÔT PLUS RIEN DU CAMPEMENT. RARES FURENT LES BOHÉMIENS QUI PARVINRENT À PRENDRE LA FUITE...
NOUS FÛMES ENTRAVÉS COMME DES BÊTES.
CETTE GAUPE DISSIMULAIT CE TALISMAN SOUS SA CAMISOLE.
UNE MANDRAGORE, LA RACINE AUX VERTUS MAGIQUES QUI CROÎT DANS LA GLÈBE MAUDITE ASPERGÉE PAR LA SEMENCE DES CONDAMNÉS AU GIBET.
TU NE PEUX ÊTRE QUE CETTE FLORIE MAUJOUR DONT ON M'A DIT LE PLUS GRAND MAL.
JE T'AVAIS DIT DE NE PAS CONSERVER LA MANDRAGORE. LE DÉMON À TROGNE CHARBONNEUSE QUI SE DÉVELOPPE DANS TES ENTRAILLES NE TE SUFFIT DONC PAS ?!.
IL N'EST PAS ENCORE CERTAIN QUE JE SOIS PORTEUSE D'UN SI ABOMINABLE FARDEAU !...
SI JE T'AI MENTI SUR CE QUI S'EST PASSÉ DANS LA HUTTE DE CHINCHOLLE, C'EST PARCE QUE JE VOULAIS T'ÉVITER UNE SOUFFRANCE IDENTIQUE À CELLE QUE J'ENDURE...
JE T'AIME GARIN, JE NE VEUX PAS TE PERDRE...
13
2

NOUS DUMES MARCHER DURANT DES HEURES. À LA BRUNE, NOUS ARRIVÂMES EN VUE DE LA FORÊT DE MORTEPIERRE.
UNE HORRIBLE CRÉATURE PROSPÈRE PEUT-ÊTRE EN MON SEIN, GARIN SEMBLE NE PLUS VOULOIR POSER LES YEUX SUR MOI ET MORTEPIERRE VA VIVRE DE SOMBRES HEURES.
DE PLUS, JE NE SAIS TOUJOURS PAS CE QU'IL EST ADVENU DE BÉRENGÈRE.
JE NE GARDAIS PAS LE SOUVENIR QUE MES PRIÈRES EUSSENT ÉTÉ UN JOUR EXHAUCÉES, AUSSI...
NOUS ALLONS ATTEINDRE UNE CLAIRIÈRE. JADIS, LE BARON THIBAUD ET SES SOUDARDS Y ONT MASSACRÉ UNE BANDE DE SERFS EN JACQUERIE.
JE SENS QUE TU VAS COMMETTRE UNE FOLIE.
UN MOMENT APRÈS, CE FUT COMME SI MES BRAS SE TROUVAIENT PARCOURUS PAR LE FEU DU CIEL.
EMPÊCHEZ CETTE DIABLESSE D'USER DE SES POUVOIRS!
JUSTE CIEL!
TU AS PERDU LA TÊTE!
C'EST NOTRE SEULE CHANCE DE RECOUVRER LA LIBERTÉ!...

QU'ATTENDEZ-VOUS POUR BRANDIR LA CROIX ET M'APPORTER L'EAU BÉNITE !?
VITE, EMPARONS-NOUS DE SA FAUCILLE !..
JE N'AI PAS ENVIE DE ME RENDRE COMPLICE DE TES PROJETS INSENSÉS !..
VADE RETRO SATANA...
À MORTEPIERRE, C'EST LA TORTURE ET LE BÛCHER QUI NOUS ATTENDENT. IL NOUS FAUT FUIR MAINTENANT.
15 2

TIREZ VOS GLAIVES !.. POURFENDEZ CES DÉMONS JUSQU'AU DERNIER !
PAR SAINT-DENIS !..
SI ON M'EN LAISSE LA POSSIBILITÉ, JE ME PRÉPARERAI UNE TISANE CORSÉE POUR ME REMETTRE DE TOUTES CES ÉMOTIONS.
SI TU Y AJOUTES DE LA GNOLE, À TON INFUSION, TU M'EN RÉSERVERAS UNE BOLÉE ...
TU NE PEUX PAS ÊTRE SI DIFFÉRENT D'AVANT, ÊTRE DEVENU SI ... VEULE.
QUELQUE CHOSE S'EST BRISÉ EN MOI.
MA TENTATIVE DÉSESPÉRÉE AVAIT ÉCHOUÉ ...
LES SOLDATS DU CHRIST TRIOMPHENT TOUJOURS DES EMBÛCHES SEMÉES, PAR BELZÉBUTH !

LES HABITANTS DE MORTEPIERRE DORMAIENT SANS SE DOUTER DE RIEN LORSQUE NOUS ARRIVÂMES À DESTINATION.
MA SOEUR EST-ELLE TOUJOURS CAPTIVE DE CES HORRIBLES MURAILLES ?
NICOLAS DEVAIT RUMINER LES MÊMES PENSÉES QUE MOI ...
LA SAINTE-INQUISITION !
CÔME-LE-RÉDIMEUR EST DANS NOS MURS !
MALHEUR, À NOUS !..
LA RENARDE ET SON COUPEUR D'ARBRES SONT DE RETOUR !..
DOETTE, PEUX-TU ME DONNER DES NOUVELLES DE BÉRENGÈRE ?..
HÉLAS, NON !..
PUISQUE TU SEMBLES TE COMPLAIRE DANS LA SOUILLURE, TU VAS SÉJOURNER DANS CETTE ÉTABLE À COCHONS EN ATTENDANT TON JUGEMENT.
J'AI TOUJOURS ÉTÉ BONNE CHRÉTIENNE. JE N'AI MANQUÉ AUCUNE DES MESSES QUE CÉLÉBRAIT FRÈRE MATHIEU.

LE BON MOINE M'A AUSSI APPRIS LE CATÉCHISME !
MES PORCS !
QU'ALLONS-NOUS DEVENIR ?..
RIEN DE MIEUX QUE DES TRUIES QUI ATTENDENT LE TRISTE SORT QU'ON LEUR RÉSERVE !
LE LENDEMAIN MATIN, APRÈS UNE NUIT ÉPOUVANTABLE...
?!
PSITT ! FLORENTIN. ...
MA MÈRE M'A DIT DE NE JAMAIS M'APPROCHER DE TOI, LA MARQUÉE.
RACONTE-MOI CE QUI SE PASSE. QU'ONT FAIT LES SOLDATS DE L'OST À GARIN ET À NICOLAS ?
POUR QUE JE PARLE, IL FAUT QUE TU ME MONTRES TA COUNETTE, LA RENARDE.
SALE PETIT VICIEUX !
SI J'ARRIVAIS À TE FAIRE SORTIR DE CETTE SOUE, TU ME LAISSERAIS TE TRIPOTER UN PEU ?..
TU T'ES RINCÉ L'OEIL, PARLE, À PRÉSENT !..
TON BÛCHERON ET LE FORGERON SONT EXPOSÉS AU PILORI. SI TU LES REVOIS UN JOUR, ILS SERONT SÛREMENT AUSSI DESSÉCHÉS QUE DES VIEILLES PEAUX DE LAPINS.
MON DIEU !..
18 2

CE VAURIEN DE FLORENTIN PRIT L'HABITUDE DE VENIR ME RACONTER LES FAITS AUQUELS JE NE POUVAIS ASSISTER ...
SI TU ME DÉBALLES TES DEUX MAMELLES, JE TE DIRAI CE QUE MANIGANCE L'EXORCISTE ...
RRÔÔNN ZZZ...
GRBIICK!
À VRAI DIRE, CÔME NE FAIT PAS GRAND-CHOSE POUR L'INSTANT. UNE TENTE A ÉTÉ DRESSÉE POUR LUI DANS LE PRÉ AUX SQUELETTES ET IL Y MARMONNE DES PRIÈRES.
CE GARNEMENT SE MOQUE DE TOI ET TU VAS FINIR PAR EN FAIRE UN REGARDEUR DE CULS POUR LA VIE...
UN SOIR, FLORENTIN NE VINT PAS SEUL ...
MOI ET ÉLOI, ON VA TE FAIRE SORTIR DE TA BARAQUE À COCHONS. MAIS IL FAUDRA QUE TU Y REVIENNES DÈS QUE TU AURAS PRIS UN PEU L'AIR ET QUE TU NOUS RÉCOMPENSES, BIEN SÛR...
CE SIMPLET D'ÉLOI ÉTAIT AUSSI MUSCLÉ QUE PRIVÉ DE CERTAINS MORCEAUX À L'INTÉRIEUR DE SA TÊTE...
J'AI DONNÉ DEUX PICHETS D'HYDROMEL À LA SENTINELLE POUR QU'ELLE FERME LES YEUX. IL TE SUFFIRA DE REMETTRE LES PLANCHES EN PLACE QUAND TU SERAS DE RETOUR.
AVANT D'ALLER TE PROMENER, TU DOIS PAYER NOTRE LABEUR...
COMME JE ME REFUSAIS À EMPLOYER MES POUVOIRS CONTRE DEUX ENFANTS...
VAS-Y ÉLOI, MONTRE À CETTE AGUICHEUSE QUE T'AS PLEIN DE JUS DANS TA BISTOUQUETTE.
SALOPIAUDS! IGNOREZ-VOUS CE QUI PEUT ARRIVER À CEUX QUI TOUCHENT À UNE MARQUÉE?
19/2

PAR CHANCE, CE BENÊT D'ÉLOI A CONFONDU MON NOMBRIL AVEC MON CONNIN...
FILE ET NE TE FAIS PAS PRENDRE !
VIENS AVEC MOI. NE RESTE PAS DANS CE CACHOT INFECT !
NOUS SERIONS REPRISES AVANT QUE JE MANQUE DE SOUFFLE POUR SUIVRE TES ENJAMBÉES DE JEUNOTTE.
JE M'OCCUPE DE FICHER CE DEMEURÉ BITARD DEHORS. VA RETROUVER TON GARIN...
LES MALHEUREUX !
NICOLAS N'A PAS RÉSISTÉ. LES CORBEAUX LUI ONT VOLÉ SES YEUX.
JE VAIS T'ARRACHER À CET ODIEUX SUPPLICE...
JE SOUFFRE AUSSI POUR UNE AUTRE RAISON, TU LE SAIS.

NOKUM TORNATEP... BOCHARAM NEX SCOROMARIM...
CESSE DE MAQUIGNONNER AVEC LE DIABLE. PEU M'IMPORTE MON SORT, DE TOUTE FAÇON...
JE... JE SUIS À NOUVEAU DÉPOSSÉDÉE DE MES POUVOIRS...
LE MANQUE DE SAINE NOURRITURE ET LA FATIGUE, SANS DOUTE. À MOINS QUE CE NE SOIT À CAUSE DE CE MAUDIT MARMOUSET DE BOISILLEUR...
JE CHOISIS DE DEMEURER EN COMPAGNIE DE MON GARIN. JE FINIS PAR M'ENDORMIR, ET AU MATIN...
?!
QUEL SORTILÈGE AS-TU ENCORE EMPLOYÉ POUR TE RETROUVER ICI, PETITE DÉMONE?
PUISQUE LES REMUGLES DE LA SOUE NE SEMBLENT PAS CONVENIR À TON NEZ DÉLICAT, TU VAS M'ACCOMPAGNER.
OÙ VOULEZ-VOUS ME MENER?
CHEZ DAME YOLANDE, LA CHÂTELAINE. CETTE FOLASSE S'EST ENTOURÉE DE CHATS, CES ANIMAUX D'ESSENCE DIABOLIQUE QUI NE PEUVENT ÊTRE TOLÉRÉS PLUS LONGTEMPS. TU DOIS POUVOIR LES CONTENIR LE TEMPS QU'ON RÈGLE LEUR SORT.
MIEUX VAUT LAISSER CROIRE À CE SALE MOINE QUE JE SUIS TOUJOURS DOTÉE DE POUVOIRS...
UN PEU PLUS TARD...
CETTE VISITE M'HONORE, MON PÈRE...
CEPENDANT, MALGRÉ LES RACONTARS, VOUS NE TROUVEREZ RIEN ENTRE CES MURS QUI PUISSE FAIRE OFFENSE À DIEU...
ET CES REPRÉSENTATIONS DE DIEUX PAÏENS ADORÉS JADIS PAR LES ROMAINS?

(*) LIRE : "LA CHAIR ET LE SOUFRE"...

PEU APRÈS...
JE REVIENDRAI POUR FAIRE DISPARAÎTRE LES IDOLES, BARON, DUSSÉ-JE FAIRE DÉMONTER LE CHÂTEAU JUSQU'À SA DERNIÈRE PIERRE!
TU NE M'AS PAS ÉTÉ D'UNE GRANDE UTILITÉ. AFIN QUE TU PUISSES ME TRADUIRE CERTAINS MOTS DE PATOIS QUE JE NE COMPRENDS PAS TOUJOURS, JE VAIS CEPENDANT TE GARDER À MES CÔTÉS...
AU MITAN DE CETTE JOURNÉE, UN BIEN SINISTRE FESTIN FUT ORGANISÉ PAR CÔME-LE-RÉDIMEUR...
IL EST URGENT POUR VOUS TOUS D'EXPIER VOS PÉCHÉS, DE FAIRE PÉNITENCE ...
L'INQUISITEUR VEUT NOUS FAIRE MANGER LES CHATS DE LA BARONNE!
VOUS AVEZ TOLÉRÉ LA PRÉSENCE D'UNE SORCIÈRE ET CELLE D'UN FORGERON FAISEUR D'ARMURES MAUDITES. VOUS N'AVEZ PAS RECHIGNÉ À MANIPULER DES STATUES PAÏENNES LORS DE LA CONSTRUCTION DU MANOIR...
VOUS N'AVEZ RIEN FAIT POUR ÉPARGNER À FRÈRE MATHIEU UNE MORT ABOMINABLE... POUR MÉRITER LA RÉMISSION DE CES PÉCHÉS, VOUS ALLEZ INGÉRER LA CHAIR DES BÊTES DÉMONIAQUES.
C'EST VOULOIR NOUS FAIRE CONSOMMER LE CORPS DU DIABLE COMME LA SAINTE HOSTIE NOUS NOURRIT DE LA CHAIR DU CHRIST.
MANGEZ!..
TOI, VA PORTER CES TRIPAILLES À TON FENDEUR DE BÛCHES!
23
2

(*) PETITE LAMPE À HUILE.

BIEN PLUS TARD, JE FINIS PAR SUCCOMBER AU SOMMEIL. MAIS ALORS...
ON NE SE DÉBARRASSE PAS SI FACILEMENT D'UN MARMOT DE BOISILLEUR...
J'AI FROID. JE VEUX ME BLOTTIR À NOUVEAU DANS TON NID DOUILLET...
QU'EST-CE QUI TE PREND? ENCORE UN DE CES MAUDITS CAUCHEMARS QUI TE CHAMBARDENT LA TÊTE?
LE CHANT DU COQ FUT POUR MOI UNE DÉLIVRANCE...
HÂTE-TOI LA JETEUSE DE SORT, LE MOINE T'ATTEND.
?!..
LA DOCILITÉ DE CES RUSTRES N'EST-ELLE PAS UN RÉJOUISSANT SPECTACLE ?..
À QUELLE DÉPLAISANTE BESOGNE VOULEZ-VOUS LES EMPLOYER ?
DURANT DES JOURS, ON N'ENTENDIT PLUS QUE LE FRACAS INCESSANT DES COUPS DE MAILLOCHES...
QUE VIENT DE MAUGRÉER CE MANANT EN ME REGARDANT DE TRAVERS?
CES MÉCRÉANTS VONT DÉTRUIRE LES STATUES DES FAUX DIEUX ROMAINS. LA TÂCHE NE SERA PAS FACILE, MAIS ELLE CONTRIBUERA À PARFAIRE LA PÉNITENCE...
DES MOTS DE PATOIS DONT LA TRADUCTION NE PLAIRAIT GUÈRE À VOS OREILLES, MON PÈRE.
25
2

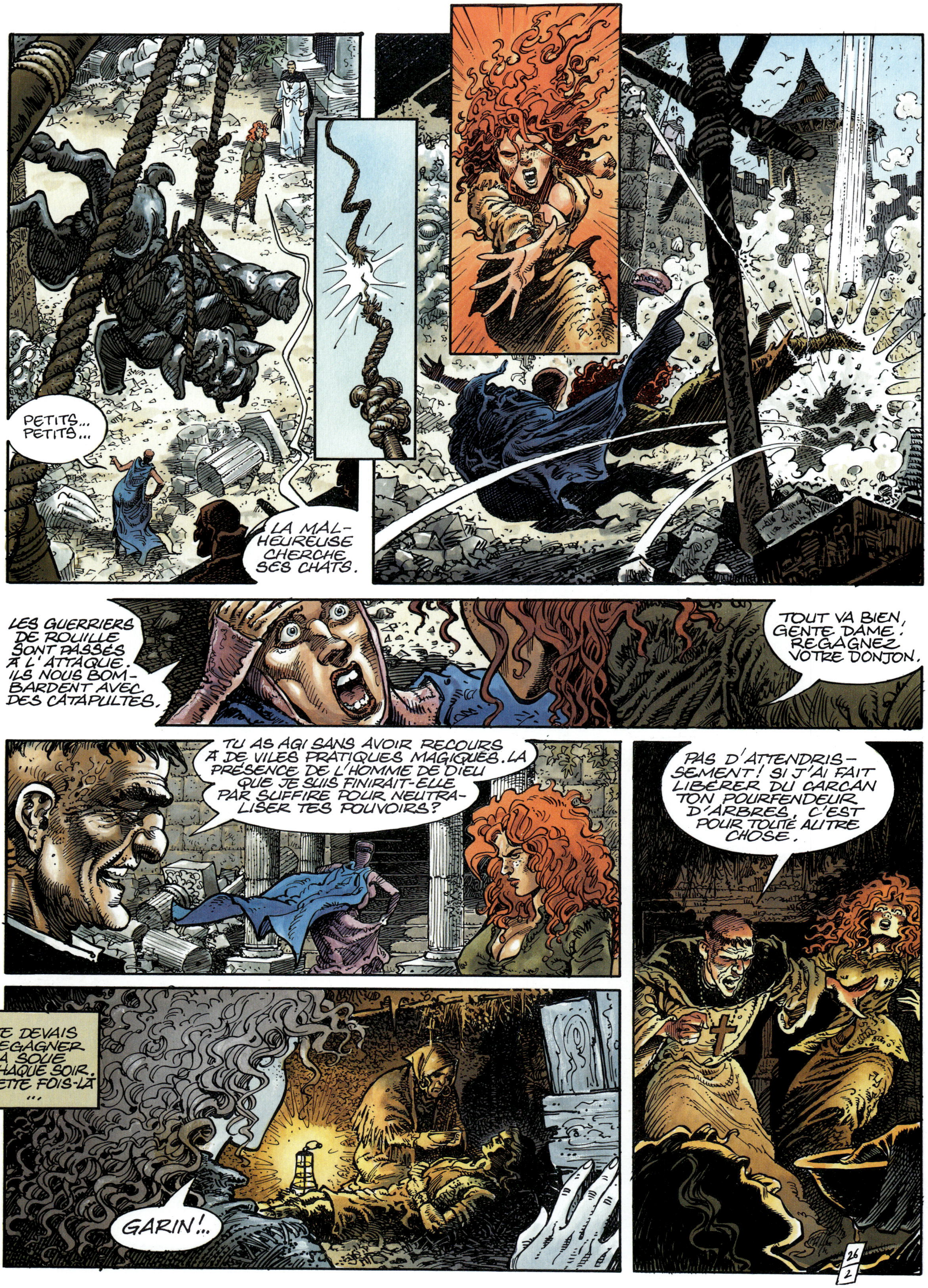
PETITS... PETITS...
LA MALHEUREUSE CHERCHE SES CHATS.
LES GUERRIERS DE ROUILLE SONT PASSÉS À L'ATTAQUE. ILS NOUS BOMBARDENT AVEC DES CATAPULTES.
TOUT VA BIEN, GENTE DAME. REGAGNEZ VOTRE DONJON.
TU AS AGI SANS AVOIR RECOURS À DE VILES PRATIQUES MAGIQUES. LA PRÉSENCE DE L'HOMME DE DIEU QUE JE SUIS FINIRAIT-ELLE PAR SUFFIRE POUR NEUTRALISER TES POUVOIRS?
PAS D'ATTENDRISSEMENT! SI J'AI FAIT LIBÉRER DU CARCAN TON POURFENDEUR D'ARBRES, C'EST POUR TOUTE AUTRE CHOSE.
JE DEVAIS REGAGNER LA SOUE CHAQUE SOIR. CETTE FOIS-LÀ ...
GARIN!..

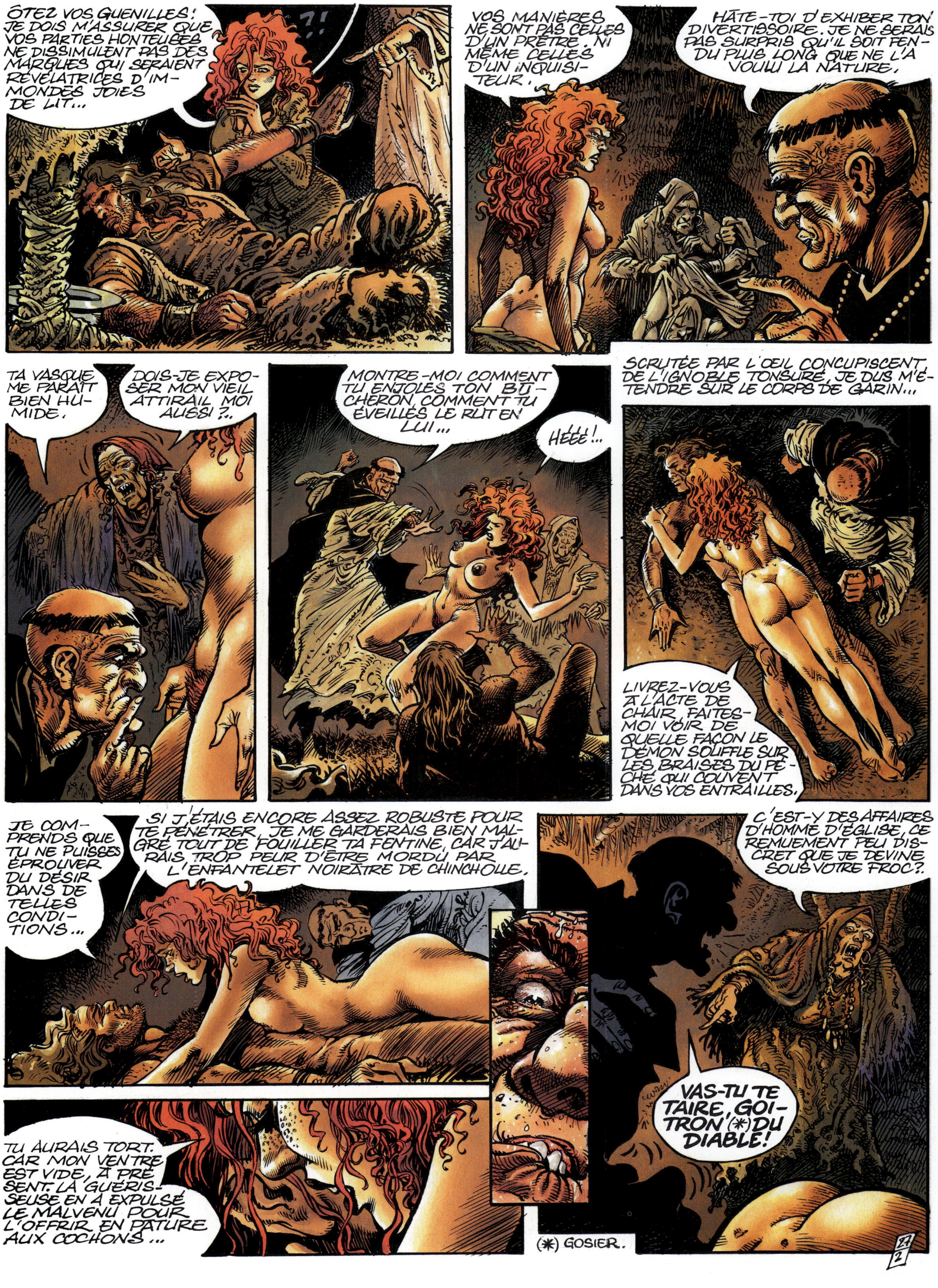
ÔTEZ VOS GUENILLES! JE DOIS M'ASSURER QUE VOS PARTIES HONTEUSES NE DISSIMULENT PAS DES MARQUES QUI SERAIENT RÉVÉLATRICES D'IMMONDES JOIES DE LIT...
?!
VOS MANIÈRES NE SONT PAS CELLES D'UN PRÊTRE, NI MÊME CELLES D'UN INQUISITEUR.
HÂTE-TOI D'EXHIBER TON DIVERTISSOIRE. JE NE SERAIS PAS SURPRIS QU'IL SOIT FENDU PLUS LONG QUE NE L'A VOULU LA NATURE.
TA VASQUE ME PARAÎT BIEN HUMIDE.
DOIS-JE EXPOSER MON VIEIL ATTIRAIL MOI AUSSI ?..
MONTRE-MOI COMMENT TU ENJÔLES TON BÛCHERON, COMMENT TU ÉVEILLES LE RUT EN LUI...
HÉÉÉ!..
SCRUTÉE PAR L'ŒIL CONCUPISCENT DE L'IGNOBLE TONSURÉ, JE DUS M'ÉTENDRE SUR LE CORPS DE GARIN...
LIVREZ-VOUS À L'ACTE DE CHAIR, FAITES-MOI VOIR DE QUELLE FAÇON LE DÉMON SOUFFLE SUR LES BRAISES DU PÉCHÉ QUI COUVENT DANS VOS ENTRAILLES.
JE COMPRENDS QUE TU NE PUISSES ÉPROUVER DU DÉSIR DANS DE TELLES CONDITIONS...
SI J'ÉTAIS ENCORE ASSEZ ROBUSTE POUR TE PÉNÉTRER, JE ME GARDERAIS BIEN MALGRÉ TOUT DE FOUILLER TA FENTINE, CAR J'AURAIS TROP PEUR D'ÊTRE MORDU PAR L'ENFANTELET NOIRÂTRE DE CHINCHOLLE.
TU AURAIS TORT. CAR MON VENTRE EST VIDE, À PRÉSENT. LA GUÉRISSEUSE EN A EXPULSÉ LE MALVENU POUR L'OFFRIR EN PÂTURE AUX COCHONS...
C'EST-Y DES AFFAIRES D'HOMME D'ÉGLISE, CE REMUEMENT PEU DISCRET QUE JE DEVINE SOUS VOTRE FROC?.
VAS-TU TE TAIRE, GOITRON (*) DU DIABLE!
(*) GOSIER.

VOUS FEREZ MOINS LES FARAUDS QUAND IL VOUS FAUDRA SUBIR LA TORTURE, PUIS MONTER SUR LE BÛCHER POUR EXPIER VOS PÉCHÉS !..
PRESSEZ-VOUS D'ALLER NETTOYER VOTRE BURE FRAÎCHEMENT AMIDONNÉE, MON PÈRE !
IL NOUS FAUT FUIR SANS PLUS TARDER.
LES SOLDATS DU RÉDIMEUR SONT PARTOUT. NOUS SERIONS PERCÉES D'UNE FLÈCHE AVANT D'ATTEINDRE LES PREMIERS CHAMPS.
JE NE SUIS PAS EN ÉTAT DE COURIR LA CAMPAGNE. SI VOUS CROYEZ AVOIR UNE CHANCE DE VOUS EN SORTIR, PARTEZ SANS MOI.
MES DONS DE MAGICIENNE NE M'AURAIENT JAMAIS ÉTÉ AUSSI UTILES QU'À CET INSTANT ET J'EN SUIS COMPLÈTEMENT DÉPOSSÉDÉE.
JE ME RÉSOLUS À ATTENDRE LE RETOUR DE MES FORCES OCCULTES. MAIS REVIENDRAIENT-ELLES AVANT QU'IL NE SOIT TROP TARD ?..
IL PLEUT... L'EAU DU CIEL VA OXYDER UN PEU PLUS LES ARMURES FORGÉES AUTREFOIS PAR LE PAUVRE NICOLAS...
DAME YOLANDE NE DIVAGUE PAS LORSQU'ELLE PARLE DES PALADINS DES BOIS. MAIS QUI SONT-ILS ? POURQUOI RESTENT-ILS CACHÉS DANS LA FORÊT ?..
LE LENDEMAIN MATIN...
LA JOURNÉE NE S'ANNONCE-T-ELLE PAS MAGNIFIQUE ?..
VOUS VOIR D'HUMEUR JOYEUSE M'EFFRAIE DAVANTAGE QUE LORSQUE VOUS ARBOREZ VOTRE MINE DE FOSSOYEUR COUTUMIÈRE.
PEU ME CHAUT L'EFFET QUE TE FAIT MA FIGURE. SI JE SUIS RÉJOUI, C'EST PARCE QUE TOUTES LES STATUES DES DIVINITÉS DÉCHUES ONT ENFIN ÉTÉ MISES À BAS. ELLES VONT ME DONNER L'OCCASION D'ORGANISER UNE BELLE PROCESSION.
28 2

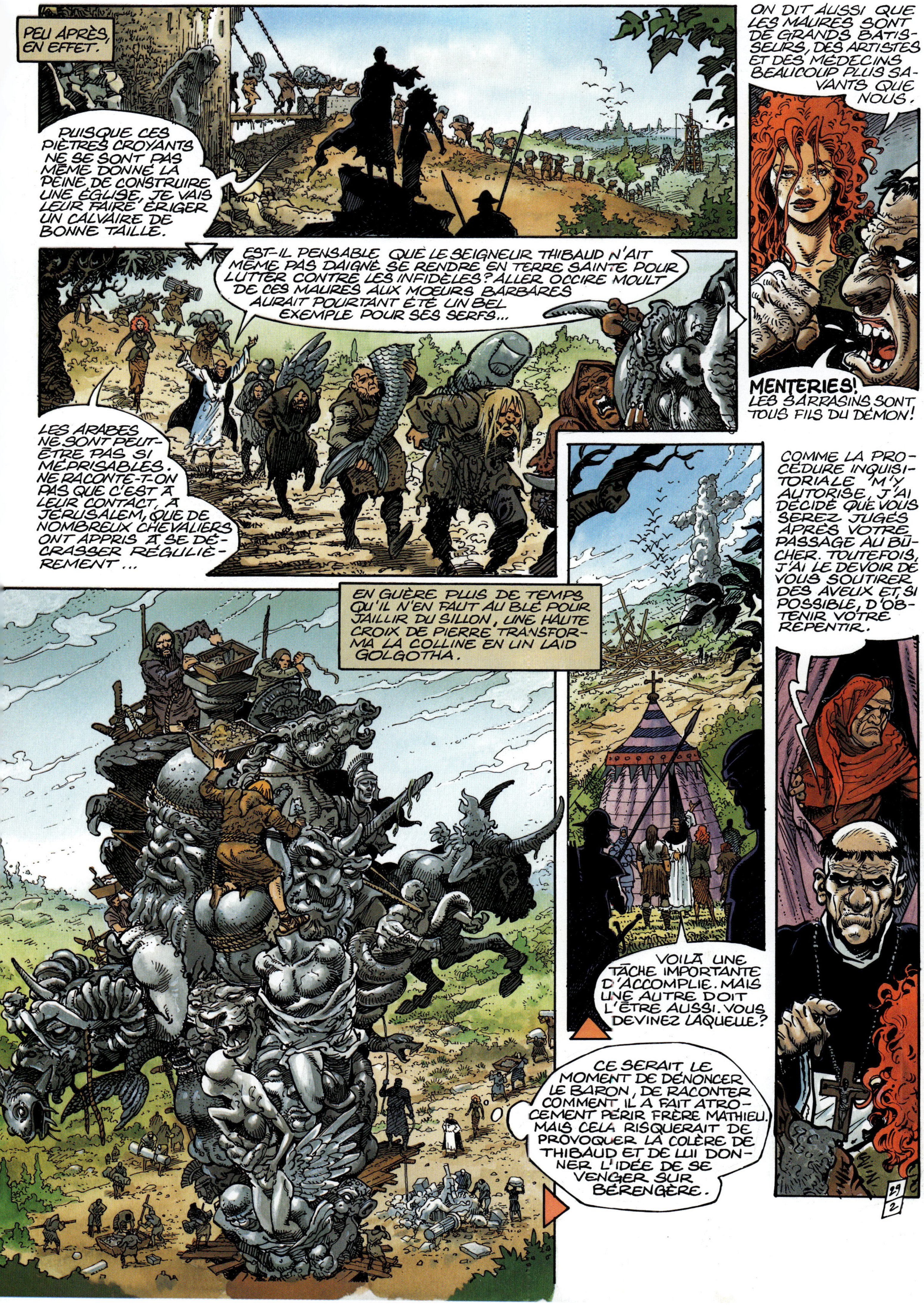
PEU APRÈS, EN EFFET.
PUISQUE CES PIÈTRES CROYANTS NE SE SONT PAS MÊME DONNÉ LA PEINE DE CONSTRUIRE UNE ÉGLISE, JE VAIS LEUR FAIRE ÉRIGER UN CALVAIRE DE BONNE TAILLE.
ON DIT AUSSI QUE LES MAURES SONT DE GRANDS BÂTISSEURS, DES ARTISTES ET DES MÉDECINS BEAUCOUP PLUS SAVANTS QUE NOUS.
EST-IL PENSABLE QUE LE SEIGNEUR THIBAUD N'AIT MÊME PAS DAIGNÉ SE RENDRE EN TERRE SAINTE POUR LUTTER CONTRE LES INFIDÈLES? ALLER OCCIRE MOULT DE CES MAURES AUX MOEURS BARBARES AURAIT POURTANT ÉTÉ UN BEL EXEMPLE POUR SES SERFS...
LES ARABES NE SONT PEUT-ÊTRE PAS SI MÉPRISABLES. NE RACONTE-T-ON PAS QUE C'EST À LEUR CONTACT, À JÉRUSALEM, QUE DE NOMBREUX CHEVALIERS ONT APPRIS À SE DÉCRASSER RÉGULIÈREMENT...
MENTERIES! LES SARRASINS SONT TOUS FILS DU DÉMON!
EN GUÈRE PLUS DE TEMPS QU'IL N'EN FAUT AU BLÉ POUR JAILLIR DU SILLON, UNE HAUTE CROIX DE PIERRE TRANSFORMA LA COLLINE EN UN LAID GOLGOTHA.
COMME LA PROCÉDURE INQUISITORIALE M'Y AUTORISE, J'AI DÉCIDÉ QUE VOUS SEREZ JUGÉS APRÈS VOTRE PASSAGE AU BÛCHER. TOUTEFOIS, J'AI LE DEVOIR DE VOUS SOUTIRER DES AVEUX ET, SI POSSIBLE, D'OBTENIR VOTRE REPENTIR.
VOILÀ UNE TÂCHE IMPORTANTE D'ACCOMPLIE. MAIS UNE AUTRE DOIT L'ÊTRE AUSSI. VOUS DEVINEZ LAQUELLE?
CE SERAIT LE MOMENT DE DÉNONCER LE BARON, DE RACONTER COMMENT IL A FAIT ATROCEMENT PÉRIR FRÈRE MATHIEU. MAIS CELA RISQUERAIT DE PROVOQUER LA COLÈRE DE THIBAUD ET DE LUI DONNER L'IDÉE DE SE VENGER SUR BÉRENGÈRE.

(*) L'ÉGLISE A HORREUR DU SANG.

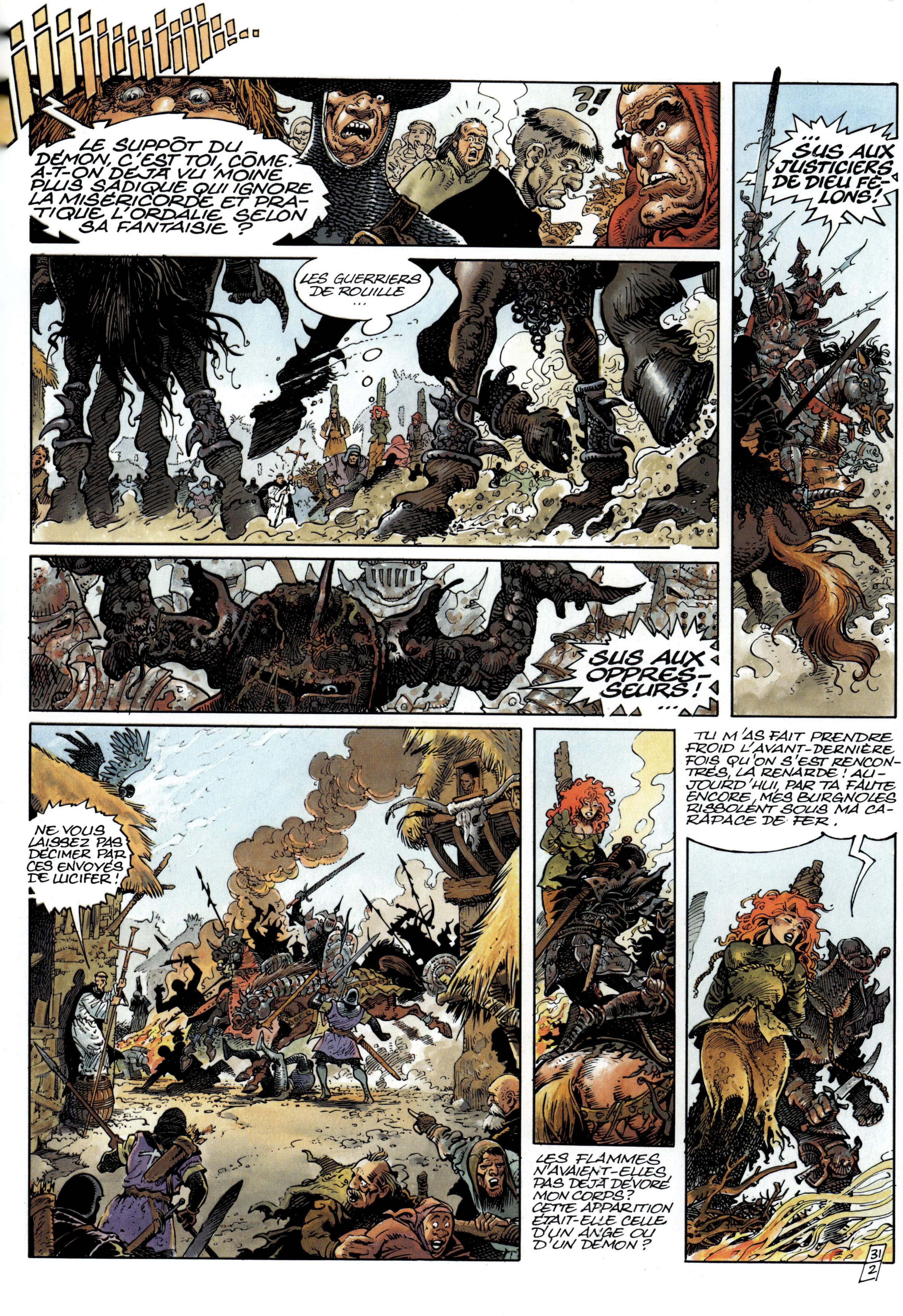
¡¡¡¡¡¡¡¡¡¡¡¡¡...
LE SUPPÔT DU DÉMON, C'EST TOI, CÔME. A-T-ON DÉJÀ VU MOINE PLUS SADIQUE QUI IGNORE LA MISÉRICORDE ET PRATIQUE L'ORDALIE SELON SA FANTAISIE ?
?!
SUS AUX JUSTICIERS DE DIEU FÉLONS !
LES GUERRIERS DE ROUILLE ...
SUS AUX OPPRESSEURS ! ...
NE VOUS LAISSEZ PAS DÉCIMER PAR CES ENVOYÉS DE LUCIFER !
TU M'AS FAIT PRENDRE FROID L'AVANT-DERNIÈRE FOIS QU'ON S'EST RENCONTRÉS, LA RENARDE ! AUJOURD'HUI, PAR TA FAUTE ENCORE, MES BURGNOLES RISSOLENT SOUS MA CARAPACE DE FER.
LES FLAMMES N'AVAIENT-ELLES PAS DÉJÀ DÉVORÉ MON CORPS? CETTE APPARITION ÉTAIT-ELLE CELLE D'UN ANGE OU D'UN DÉMON ?
31
2

LES SÉRAPHINS N'ONT JAMAIS POSSÉDÉ DE GÉNITOIRES, ALORS ?..
GARIN... LA BILOQUE...
RASSURE-TOI, MES COMPAGNONS S'OCCUPENT D'EUX.
CESSE DE NOUS FRACASSER LES OREILLES AVEC TES CRIS DE DINDON ENVIANDÉ !..
!?
IL N'Y A PAS SI LONGTEMPS, TU SAVAIS À MERVEILLE TE SORTIR DES SITUATIONS FÂCHEUSES EN USANT D'UN QUELCONQUE ENCHANTEMENT...
QUI ES-TU POUR SI BIEN ME CONNAÎTRE ET M'AVOIR SAUVÉ DEUX FOIS LA VIE ?
JOHAN !..
EH OUI, L'ÉCUYER DU BARON THIBAUD... TU AURAIS SANS DOUTE PRÉFÉRÉ UN VRAI CHEVALIER ?!.
AINSI CE MYSTÉRIEUX ARBALÉTRIER EMBUSQUÉ PRÈS DE LA GROTTE DE FRÈRE MATHIEU, C'ÉTAIT TOI ?..
OUI, JE VENAIS RENDRE VISITE À L'ERMITE POUR LE QUESTIONNER SUR LA LÈPRE, CE TERRIBLE MAL QUI FRAPPE MES COMPAGNONS...
TU VEUX DIRE QUE LES GUERRIERS DE ROUILLE SONT DES LADRES, DES MALADES QUI PEUVENT CORROMPRE TOUS CEUX QU'ILS APPROCHENT.
LA MALADIE NE SE PROPAGE PAS SI FACILEMENT. JE NE LE SAIS QUE DEPUIS PEU, C'EST POURQUOI JE NE VOULAIS PAS QUE FLORIE M'APPROCHE LA FOIS OÙ JE SUIS VENU À VOTRE SECOURS DANS LA FORÊT...
32 2

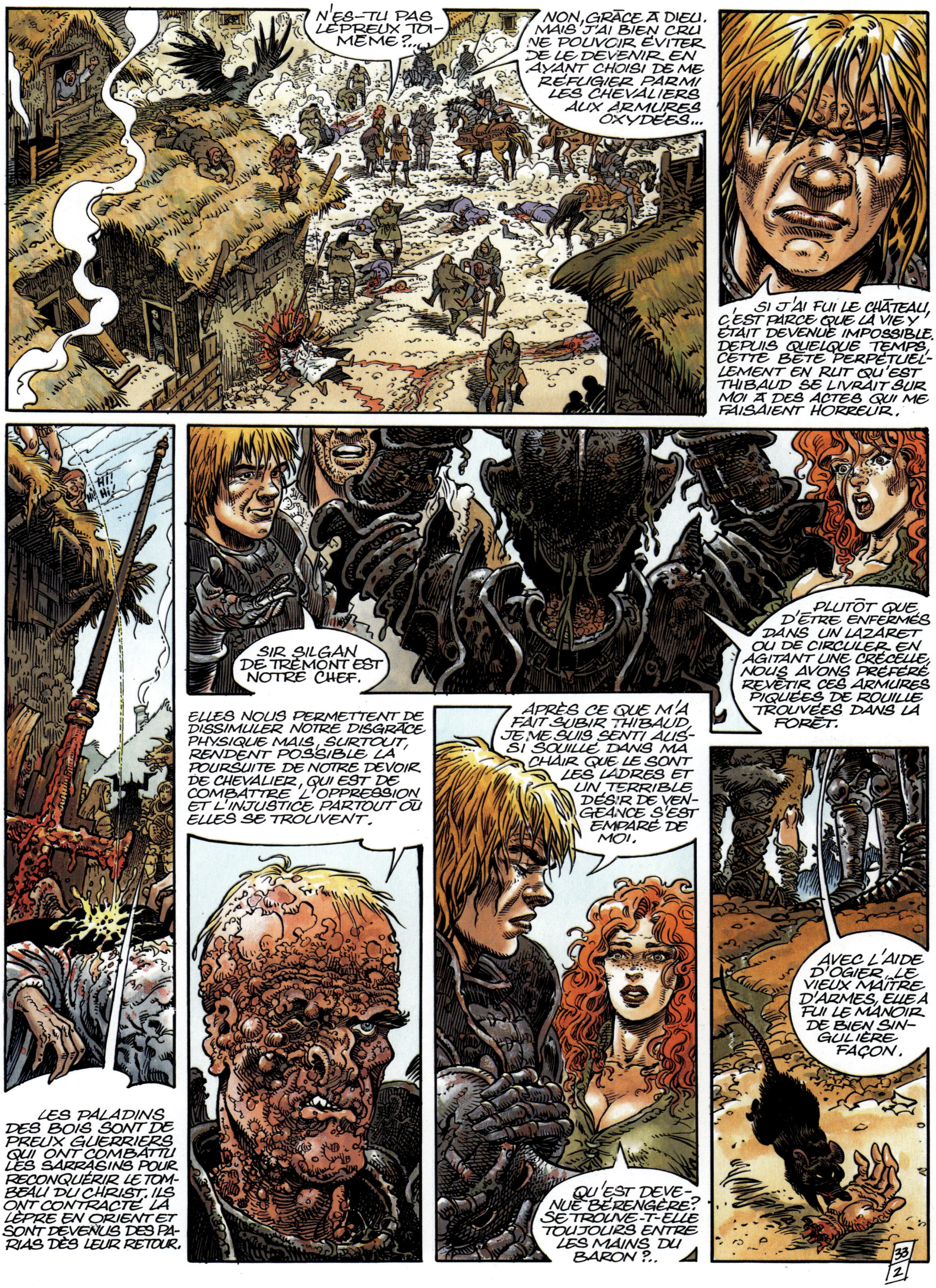
N'ES-TU PAS LÉPREUX TOI-MÊME ?...
NON, GRÂCE À DIEU. MAIS J'AI BIEN CRU NE POUVOIR ÉVITER DE LE DEVENIR EN AYANT CHOISI DE ME RÉFUGIER PARMI LES CHEVALIERS AUX ARMURES OXYDÉES...
SI J'AI FUI LE CHÂTEAU, C'EST PARCE QUE LA VIE Y ÉTAIT DEVENUE IMPOSSIBLE. DEPUIS QUELQUE TEMPS, CETTE BÊTE PERPÉTUELLEMENT EN RUT QU'EST THIBAUD SE LIVRAIT SUR MOI À DES ACTES QUI ME FAISAIENT HORREUR.
HI! HI!
SIR SILGAN DE TRÉMONT EST NOTRE CHEF.
PLUTÔT QUE D'ÊTRE ENFERMÉS DANS UN LAZARET OU DE CIRCULER EN AGITANT UNE CRÉCELLE, NOUS AVONS PRÉFÉRÉ REVÊTIR CES ARMURES PIQUÉES DE ROUILLE TROUVÉES DANS LA FORÊT.
LES PALADINS DES BOIS SONT DE PREUX GUERRIERS QUI ONT COMBATTU LES SARRASINS POUR RECONQUÉRIR LE TOMBEAU DU CHRIST. ILS ONT CONTRACTÉ LA LÈPRE EN ORIENT ET SONT DEVENUS DES PARIAS DÈS LEUR RETOUR.
ELLES NOUS PERMETTENT DE DISSIMULER NOTRE DISGRÂCE PHYSIQUE MAIS, SURTOUT, RENDENT POSSIBLE LA POURSUITE DE NOTRE DEVOIR DE CHEVALIER, QUI EST DE COMBATTRE L'OPPRESSION ET L'INJUSTICE PARTOUT OÙ ELLES SE TROUVENT.
APRÈS CE QUE M'A FAIT SUBIR THIBAUD, JE ME SUIS SENTI AUSSI SOUILLÉ DANS MA CHAIR QUE LE SONT LES LADRES ET UN TERRIBLE DÉSIR DE VENGEANCE S'EST EMPARÉ DE MOI.
QU'EST DEVENUE BÉRENGÈRE ? SE TROUVE-T-ELLE TOUJOURS ENTRE LES MAINS DU BARON ?..
AVEC L'AIDE D'OGIER, LE VIEUX MAÎTRE D'ARMES, ELLE A FUI LE MANOIR DE BIEN SINGULIÈRE FAÇON.
33
2

THIBAUD N'EST PAS HOMME À SE SATISFAIRE D'UN SIMPLE DROIT DE CUISSAGE. TA SOEUR ÉTAIT DEVENUE SA CHOSE ET SON SOUFFRE-DOULEUR...
TOUT CE QUE JE POUVAIS FAIRE POUR ELLE, C'ÉTAIT LUI JETER UN FLAMBEAU...
MÉFIE-TOI DU VIEUX MÂLE, C'EST LE PLUS DANGEREUX.
UNE NUIT...
IL L'OBLIGEAIT PARFOIS À PASSER LA NUIT DANS UNE OUBLIETTE, UNE FOSSE OÙ IL TIENT TROIS LOUPS PLUS OU MOINS APPRIVOISÉS ENFERMÉS...
MES LOUPS VONT T'APPRENDRE À MANGER DE LA VIANDE CRUE ET À SUBIR L'ACCOUPLEMENT. SANS FAIRE LA MIJAURÉE...
AVAIT-ELLE BONDI HORS DE LA FOSSE EN IMITANT LES LOUPS ? S'ÉTAIT-ELLE CONTENTÉE D'ESCALADER LA PAROI DE PIERRE ?.. TOUJOURS EST-IL QU'ELLE S'EST RENDUE JUSQU'À LA CHAMBRE DU BARON ET, LÀ...
FOUTREDIEU !
MANIER LE GLAIVE D'UNE MAIN QUI NE TREMBLE PAS N'A JAMAIS POSÉ PROBLÈME AU SEIGNEUR DE MORTEPIERRE, AUSSI, BIENTÔT...
TU VAS ME PAYER ÇA, SALE PUTAIN !..
34. 2

LE LENDEMAIN...
TU VAS ALLER RETROUVER LES NOMBREUX NOYÉS QUE LES DOUVES DE MON CASTEL ONT FAIT DISPARAÎTRE À JAMAIS!
CACHÉ DANS UNE ÉCHAUGUETTE, J'AI ASSISTÉ À LA CHUTE DE TA SOEUR DANS LES EAUX SINISTRES...
!?
SPLASH!
PAR BONHEUR, OGIER SE TROUVAIT DANS LES PARAGES...
OGIER EST PARVENU À RAMENER BÉRENGÈRE SUR LA RIVE. IL LUI A FRICTIONNÉ LE CORPS POUR LUI ÉVITER D'ATTRAPER UNE FIÈVRE MALIGNE, PUIS LUI A MONTRÉ LE CHEMIN DE LA LIBERTÉ.
APRÈS CE QU'IL EST ADVENU DE SON MANOIR, LE BARON A DÛ PERDRE BEAUCOUP DE SA MORGUE...
ET MA SOEUR N'EST PAS RÉAPPARUE DEPUIS?
C'AURAIT ÉTÉ DANGEREUX POUR ELLE. SEUL LE VIEUX MAÎTRE D'ARMES POURRAIT PEUT-ÊTRE TE DIRE L'ENDROIT OÙ ELLE SE CACHE...
AVEC L'ESPOIR D'Y DÉNICHER OGIER, JE DÉCIDAI SANS ATTENDRE DE ME RENDRE AU CHÂTEAU...
LAISSE-NOUS T'ACCOMPAGNER!
UNE BATAILLE, C'EST SUFFISANT POUR AUJOURD'HUI!
GARDE-TOI DE THIBAUD.
35
2

JE NE M'ATTENDAIS GUÈRE À TA VISITE, LA RENARDE ...
?!
TU NE MANQUES PAS D'AUDACE...
N'APPROCHEZ PAS!
BEURP!.
UN SORTILÈGE T'A SANS DOUTE PERMIS D'ÉCHAPPER AUX FLAMMES, À MOINS QUE TU NE TE SOIS CONTENTÉE DE GLISSER LA TÊTE SOUS LA BURE DE L'INQUISITEUR POUR LUI SUCER LE LIMAÇON...
UN TEL TRAITEMENT ME FERAIT LE PLUS GRAND BIEN POUR RETROUVER GOÛT À LA VIE. ET PUIS IL ME SIÉRAIT DE POUVOIR HONORER TA COUNNETTE APRÈS M'ÊTRE RASSASIÉ DE CELLE DE TA SOEUR.
TU AS ASSEZ FAIT DE MAL THIBAUD!.. LÂCHE CETTE JOUVENCELLE...
?!
ME TOUCHER, C'EST PRENDRE LE RISQUE D'ÊTRE TRANSFORMÉ EN BOUC À DEUX TÊTES OU EN CRAPAUD GÉANT ET AVOIR DE BONNES CHANCES DE NE PLUS SAVOIR FAIRE AUTRE CHOSE QUE DE CHANTER LE CRÉDO À L'ENVERS.
BAH, LE DIABLE TIENT SÛREMENT DÉJÀ MON ÂME AU BOUT DE SA FOURCHE!..
36 2

OGIER VENAIT À MON SECOURS COMME IL AVAIT AIDÉ MA SOEUR. MAIS IL ÉTAIT SI VIEUX...
JE DOUTE QUE TU SOIS ENCORE CAPABLE DE LEVER DIGNEMENT QUELQUE CHOSE, QUE CE SOIT TA QUEUE OU TON GLAIVE.
PUISQUE TU M'Y OBLIGES, JE VAIS TE DONNER TA DERNIÈRE LEÇON...
QUAND JE T'AURAI OUVERT LE VENTRE, J'Y FERAI DÉVERSER UN COQUEMAR DE PLOMB FONDU.
SI J'AVAIS ENCORE POSSÉDÉ MES POUVOIRS DE SORCIÈRE, J'AURAIS MÉTAMORPHOSÉ L'ÉPÉE DE THIBAUD EN COULEUVRE OU EN CORNETTE DE CHAPERON...
TU FERRAILLES AVEC LA MÊME ASSURANCE QUE LE PUCEAU QUI VA AU CONNIN POUR LA PREMIÈRE FOIS.
CLIING!
LE VALET SE RÉVOLTE CONTRE SON MAÎTRE? VOUDRAIS-TU À MA PLACE TE FAIRE TÉTER L'ESCARGOT SANS CORNES PAR LA ROUQUINE?..
!!
CLIING!
ET TU NE TIENS PLUS GUÈRE SUR TES JAMBES!
FIEFFÉE GARCE, TU NE SONGES QU'À ME FRUSTRER DE TOUS LES PLAISIRS!
37/2

RAPPELLE-TOI VIEILLARD, C'EST TOI QUI M'A APPRIS À FEINTER ET À FRAPPER D'ESTOC !
...
RRRRGG.!
ET COMME JE CONNAIS UN PASSAGE SECRET...
VOUS FERIEZ MIEUX DE REMETTRE VOS FLAMBERGES DANS LEUR FOURREAU !
LES GUERRIERS DE ROUILLE !..
ON A PAS PU S'EMPÊCHER DE VENIR VOIR COMMENT TU T'Y PRENAIS ...
?!
38 2

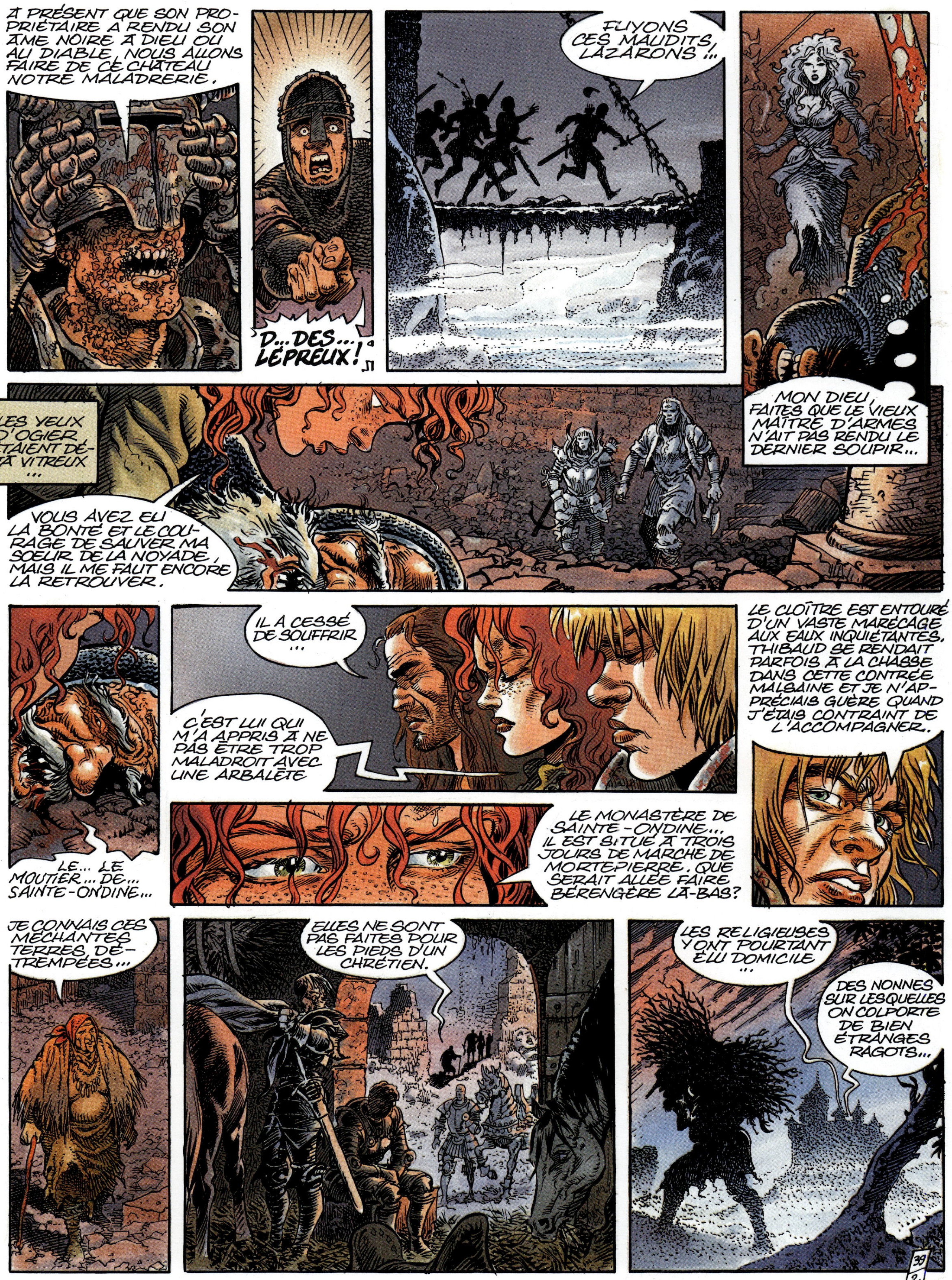
À PRÉSENT QUE SON PROPRIÉTAIRE A RENDU SON ÂME NOIRE À DIEU OU AU DIABLE, NOUS ALLONS FAIRE DE CE CHÂTEAU NOTRE MALADRERIE.
D... DES... LÉPREUX!
FUYONS CES MAUDITS LAZARONS!..
LES YEUX D'OGIER ÉTAIENT DÉJÀ VITREUX...
VOUS AVEZ EU LA BONTÉ ET LE COURAGE DE SAUVER MA SOEUR DE LA NOYADE, MAIS IL ME FAUT ENCORE LA RETROUVER.
MON DIEU, FAITES QUE LE VIEUX MAÎTRE D'ARMES N'AIT PAS RENDU LE DERNIER SOUPIR...
LE... LE MOUTIER... DE... SAINTE-ONDINE...
IL A CESSÉ DE SOUFFRIR...
C'EST LUI QUI M'A APPRIS À NE PAS ÊTRE TROP MALADROIT AVEC UNE ARBALÈTE
LE MONASTÈRE DE SAINTE-ONDINE... IL EST SITUÉ À TROIS JOURS DE MARCHE DE MORTEPIERRE. QUE SERAIT ALLÉE FAIRE BÉRENGÈRE LÀ-BAS?
LE CLOÎTRE EST ENTOURÉ D'UN VASTE MARÉCAGE AUX EAUX INQUIÉTANTES. THIBAUD SE RENDAIT PARFOIS À LA CHASSE DANS CETTE CONTRÉE MALSAINE ET JE N'APPRÉCIAIS GUÈRE QUAND J'ÉTAIS CONTRAINT DE L'ACCOMPAGNER.
JE CONNAIS CES MÉCHANTES TERRES DÉTREMPÉES...
ELLES NE SONT PAS FAITES POUR LES PIEDS D'UN CHRÉTIEN.
LES RELIGIEUSES Y ONT POURTANT ÉLU DOMICILE...
DES NONNES SUR LESQUELLES ON COLPORTE DE BIEN ÉTRANGES RAGOTS...

LA NUIT VENUE, NOUS CHOISÎMES DE NOUS RÉUNIR DANS MA CHAUMIÈRE...
DEMAIN, JE PARTIRAI POUR LE MOUTIER DE SAINTE-ONDINE...
TU N'ES MÊME PAS CERTAINE D'Y TROUVER BÉRENGÈRE. POURQUOI AURAIT-ELLE ÉTÉ SE RÉFUGIER DANS CETTE AUSTÈRE BÂTISSE DONT LES MURS DOIVENT PISSER L'EAU ?..
ELLE A PEUT-ÊTRE DÉCIDÉ DE PRENDRE LE VOILE, DE PARTAGER L'EXISTENCE RIGIDE DES SAINTES-FEMMES.
C'EST POSSIBLE, MA SOEUR AIMAIT BEAUCOUP LA VIE, MAIS APRÈS TOUT CE QU'ELLE A SUBI...
BÉRENGÈRE N'A JAMAIS ÉTÉ DÉVOTE... SE POURRAIT-IL QU'ELLE AIT AUTRE CHOSE À CACHER QUE SA GRANDE AFFLICTION ? SE POURRAIT-IL QU'ELLE AIT UN SECRET ?
JE TE DÉCONSEILLE DE TE RENDRE, SEULE DU CÔTÉ DES MORTES EAUX. HORMIS LES NONNES, LES GENS PEU NOMBREUX QUI VIVENT AU MILIEU DES TERRES INONDÉES SONT DES ÊTRES FRUSTRES ET FAROUCHES DONT TOUT EST À REDOUTER...
CES SAUVAGES NE SE NOURRISSENT QUE DE CANARDS ET DE POISSONS ET CERTAINS PRÉTENDENT QUE LEURS MAINS ET LEURS PIEDS SONT DEVENUS PALMÉS À FORCE DE BRASSER L'EAU CROUPIE ET LA VASE...
POUR AVOIR UNE CHANCE D'ÊTRE AUTORISÉE À FRANCHIR LE SEUIL DU COUVENT, IL EST NÉCESSAIRE QUE PERSONNE NE M'ACCOMPAGNE...
C'EST ALORS QU'UN ÉVÉNEMENT INATTENDU SE PRODUISIT...
JE SAURAI ME MONTRER PRUDENTE...
NOUS L'ESPÉRONS BIEN. EN ATTENDANT, REDONNE-NOUS UN PEU DE TON EXCELLENT VIN.
GRÉDIEU !...
?!
??
40
2

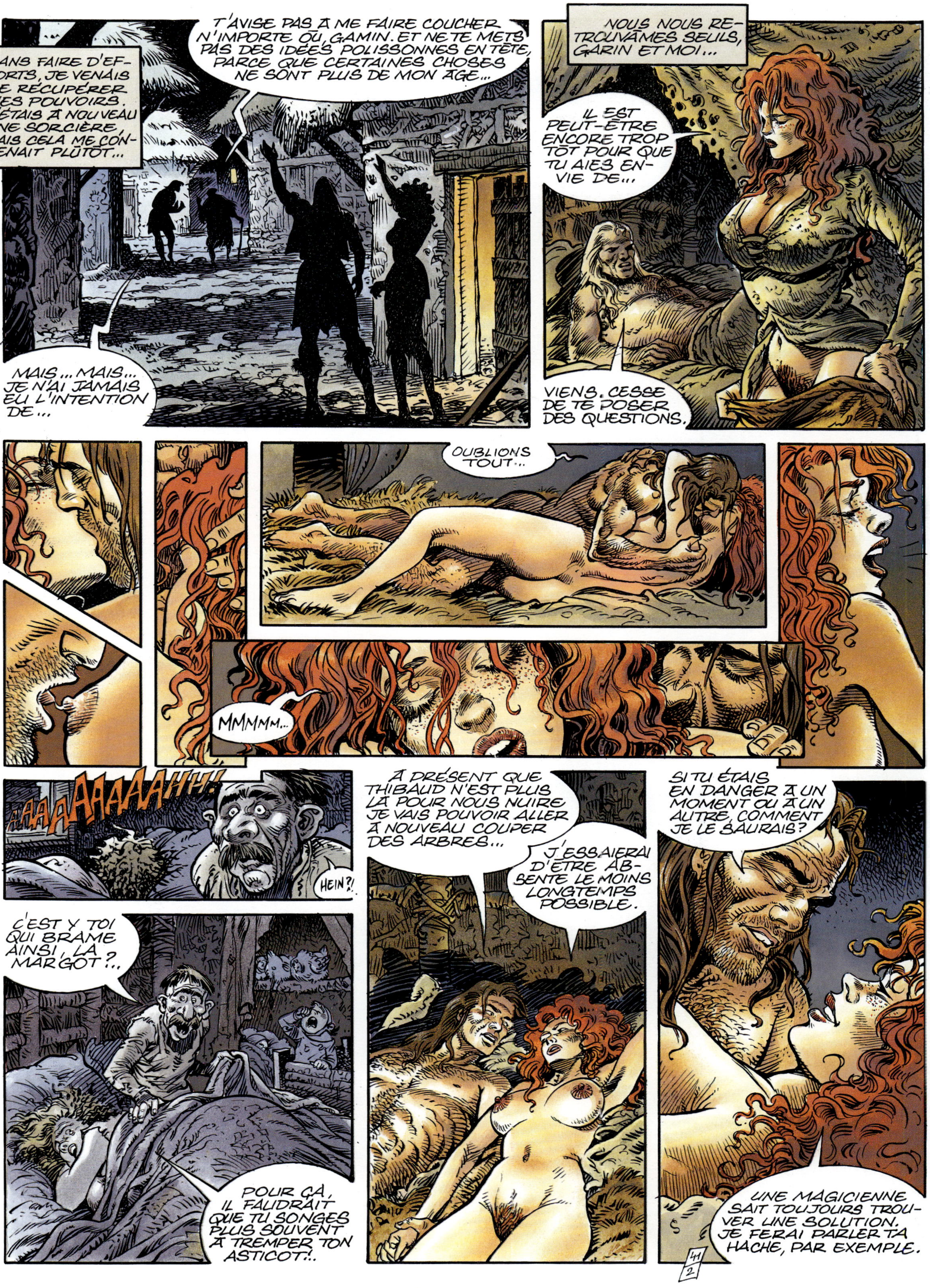
SANS FAIRE D'EFFORTS, JE VENAIS DE RÉCUPÉRER MES POUVOIRS. J'ÉTAIS À NOUVEAU UNE SORCIÈRE, MAIS CELA ME CONVENAIT PLUTÔT...
T'AVISE PAS À ME FAIRE COUCHER N'IMPORTE OÙ, GAMIN. ET NE TE METS PAS DES IDÉES POLISSONNES EN TÊTE, PARCE QUE CERTAINES CHOSES NE SONT PLUS DE MON ÂGE...
MAIS... MAIS... JE N'AI JAMAIS EU L'INTENTION DE...
NOUS NOUS RETROUVÂMES SEULS, GARIN ET MOI...
IL EST PEUT-ÊTRE ENCORE TROP TÔT POUR QUE TU AIES ENVIE DE...
VIENS. CESSE DE TE POSER DES QUESTIONS.
OUBLIONS TOUT...
MMMMM...
AAAAAAAAHHH!!
HEIN?!
C'EST Y TOI QUI BRAME AINSI, LA MARGOT?..
POUR ÇA, IL FAUDRAIT QUE TU SONGES PLUS SOUVENT À TREMPER TON ASTICOT!..
À PRÉSENT QUE THIBAUD N'EST PLUS LÀ POUR NOUS NUIRE, JE VAIS POUVOIR ALLER À NOUVEAU COUPER DES ARBRES...
J'ESSAIERAI D'ÊTRE ABSENTE LE MOINS LONGTEMPS POSSIBLE.
SI TU ÉTAIS EN DANGER À UN MOMENT OU À UN AUTRE, COMMENT JE LE SAURAIS?
UNE MAGICIENNE SAIT TOUJOURS TROUVER UNE SOLUTION. JE FERAI PARLER TA HACHE, PAR EXEMPLE.

LE LENDEMAIN FUT UN JOUR DE GRISAILLE. GARIN PARVINT À DÉCIDER LE GROS MEULOT, LE TONNELIER, À ME PRÊTER SON ÂNE...
REVIENS-MOI VITE !..
NAGUÈRE, GARIN N'AURAIT JAMAIS ACCEPTÉ QUE JE M'ÉLOIGNE AINSI DE LUI. NOTRE AMOUR NE SERA PLUS JAMAIS LE MÊME, QUOI QUE NOUS FASSIONS...
AFIN DE NE PAS RUMINER DAVANTAGE DE SOMBRES PENSÉES, JE CHOISIS DE M'AMUSER AVEC MES POUVOIRS RETROUVÉS.
BOCHARAM NEX... TSOUR KATABÉ...
POURQUOI FAUT-IL QUE NOUS CESSIONS SI VITE D'ÊTRE DES ENFANTS ?..
PENDANT QUE JE ME DISTRAIT À DES RIENS, BÉRENGÈRE EST SANS DOUTE EN TRAIN DE SE MORFONDRE AU PLUS PROFOND DU PALUD.(*)
(*) MARAIS
AS-T-ELLE VRAIMENT DÉCIDÉ DE SE RETIRER DU MONDE ?.. POSSÈDE-T-ELLE RÉELLEMENT UN SECRET ?
JE TE PRENDS EN FLAGRANT DÉLIT DE PRATIQUES SATANIQUES, DAMNÉE ENSORCELEUSE !..
?!
42
2

???!
TE RENDRAIS-TU AU COUVENT DE SAINTE-ONDINE POUR Y IMPLORER LES PIEUSES FEMMES DE T'EXORCISER?
OUI... MAIS...
DANS CE CAS, NOUS ALLONS CHEMINER ENSEMBLE CAR LE CLOÎTRE EST AUSSI MA DESTINATION.
PUISQUE LE SEIGNEUR A VOULU QUE NOUS NE SOYONS PAS DIFFÉRENTS DES BÊTES POUR CERTAINES NÉCESSITÉS, UNE PETITE MICTION AVANT LA ROUTE EST UNE SAGE PRÉCAUTION.
JE NE TE DEMANDE PAS DE FAIRE COMME MOI, LA ROUQUINE, CAR TU ME SOUPÇONNERAIS DE VOULOIR ME RINCER L'OEIL.
JEAN-MIE-DE-PAIN!
EH OUI, C'EST MOI L'HOMME QUI SAIT SE PLIER EN QUATRE POURVU QU'IL Y AIT LES DOUX YEUX D'UNE BELLE À ÉBAUDIR.
MAIS QUE FAIS-TU ICI, DANS DE PAREILS ATOURS?
JE TE L'AI DIT, JE ME RENDS AU MONASTÈRE DE SAINTE-ONDINE.
MÊME DÉGUISÉ COMME TU L'ES, TU NE RISQUES PAS D'Y ÊTRE PRIS POUR UNE NONNE SI TU ARROSES LE SOL COMME TU VIENS DE LE FAIRE.
DOUTERAIS-TU QU'UN CONTORTIONNISTE NE PUISSE S'ACCROUPIR POUR SOULAGER SA VESSIE SI LA SUPERCHERIE S'AVÈRE NÉCESSAIRE.

SCÉNARIO : TARVEL . DESSINS AOUAMRI . PROCHAIN ÉPISODE : LA MANGEUSE DE LUNE .

SOLEIL PRODUCTIONS Le Grand Hôtel, Place de la liberté - 83000 Toulon
Tél : 04 94 185 185 - Fax : 04 94 62 30 21
Dépôt légal juillet 1998 - ISBN 2 - 87764 - 741 - 2


Conception graphique : Laurent Arnaud pour Soleil
Photogravure : Quadriscan - 04 Oraison

Impressions DUMAS, 42100 Saint-Étienne
Imprimeur n° 34546